KB270753

허무
바이러스

|권|효|남|제|6|시|집|

신세림

시인의 말

허무 바이러스를 잉태하고
산월이 2 · 3년 초과됐다
중절해버리고 단산을 선언할까
망설임도 많이 했다.

도예가가 영혼을 불살라 빚은 작품들을
마음에 안들면 미련없이 깨뜨려 폐기하듯
나는 그 간 내가 만든 언어들을
다 화장(火葬) 해 버리고 싶다.

고 이추림(故 李秋林) 시인의 말을 빌리면
언어가 활자화 되면 그 땐
이미 내 소유가 아니라는 것
이 얼마나 두려운 말인가
그러면서도 자가당착(自家撞着)에 빠져
또 시집을 출산한다

한 가지 첨부할 말은 이미 발표한 시작품들
중에서 더러 수정보완하여 일부를
개작한 것도 있음을 밝혀둔다

2004. 6. 저자

차례

차례

차례

제1부

허무 바이러스

제1부
허무 바이러스

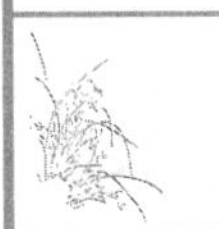

입춘 한 소절

겨우내 동맥 경화에 시달리던 나뭇가지들이
말초 혈관까지 피가 돌면서
벵그레 웃는 연두 빛 묵계.

세상 뜨는 벚꽃

두 눈에 백열등을 켜고
휘황한 퍼레이드 마치자 마자
연분홍 드레스 벗어 놓고
동아리로 자진하는 無常이여.

목련꽃의 임종

도토리묵 색 피를 吐하고
본향으로 돌아가는 최후는
암 환자의 비참한 주검과
조금도 다를 바가 없구나
언제 영롱했던 삶이 있었던가 싶게.

산수유 한 그루

이름도 이쁜 石蘭
뜨락 한 복판에
오장이 다 꿰져 나오고
갈비뼈가 앙상히 드러난
산수유 한 그루
폐암에라도 시달리는 듯
그래도 머리엔
노란 눈물방울꽃들의 애잔한 미소와
아득한 옛적 귀족의 후예 같은 중후함이.

작은 천국

독립문 울타리 안 잔디밭에
갓 태어난 민들레꽃들이
봄햇살을 펼쳐 놓고
애절하게 평화롭다.

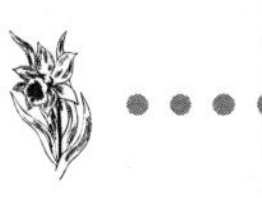

시드는 철쭉꽃을 보며

작별부터 예비한 짧은 한살이
머리에 진분홍 산호빛 화관을 쓰고
영원을 누릴 듯하던 영화가
유서도 남기지 않은 채
자유로워지기 위한 안간힘이 애처롭구나

태어나자마자 묘지를 향해 행진하는
우리 인간들의 삶과 어찌 그리 똑같은가

있는 듯 없고 없는 듯 있는
모든 생명체의 무상이여.

그 옛연인들

그들의 흑백 침묵은
전부를 고백하는
말 줄임표였다.

삼복 허리에

베란다 화분의 꽃나무 잎들은
에어컨 환풍기의 뜨거운 열기가
토악질 해댐도 아랑곳하지 않고
무에 그리 즐거운지 우아하게
원무를 추고 있네

자기네들의 생명이 조금씩
좀 먹어 들어가는 줄도 모르고.

더 이상 고향의 향수가 아닌 매미들

1.

　　현대 매미들은 한 여름
　　시도 때도 없이
　　베란다 창가에까지 와서
　　사뭇 괴성을 질러대니
　　소리 지르기 경연대회라도 여는지
　　아니면 짧은 삶이 서러워
　　절규하는 건지 이젠 더 이상
　　우리들의 유년 시절
　　긴 여운을 남기는
　　정오 사이렌 소리 같던
　　한적한 시골의 향수가 아니네

2.

　　요즘엔 도시에서 지친 사람들이
　　오히려 더러는 귀농하는 현상인데
　　너희들은 어쩌자고 고향을 버리고
　　서울로 자꾸만 집단 이주해 오느냐

3.

삼경 지나 새벽이 오고
거의 24시간을
차라리 통곡에 가까운
떼 울음소리
나처럼 심한 불면증에라도 걸렸느냐.

가랑잎 하나

때 아니게
어디서 날아 온 가랑잎 하나
열매 맺고 쉼터 찾아 온 게냐

백 프로 연소된
은발이 눈부시구나

근육통 신경통 골다공증
남몰래 십 수년

微風만 스쳐도 아픈 몸
이젠 진통소염제로도
효험이 없겠구나

어느 날 아침 청소부의 도움으로
평생의 반려자 시와 함께
승천할 날 기다리는 너는
그래서 외롭지 않겠구나.

초가을의 서곡

나뭇잎들의 청춘이 한 물 가
초록빛이 많이 겸손해졌다.

지평선 저 멀리서
어린 가을이 걸음마를.

晩秋

산야에 만개한 칠보 단풍꽃들이
처절하게 아름다운데
나는 녹립분공원 벤치에 앉아
마로니에 이파리 일곱 장에다 긴
연시(戀詩)를 써서 실체없는 그리움에게
연을 띄운다

회답이 없다.

저승꽃 핀 플

고개 들어 올려다 본
너희들 얼굴에도 사람처럼
노년의 상징인 저승꽃(검버섯)이
만발했구나

짧은 한 살이
지닌 병력도 있으련만
아픈 내색 않고
청옥 빛 하늘을 배경으로 의연히
이별의 노란 손수건만
흔들어대는 은발이 눈부시구나

이미 지상에 나뒹구는 다갈색
낙엽들의 쿨룩이는 기침소린
슬픈 장송곡.

枯葉의 독백

바스락대던 내 몸뚱이가
행인들에게 이리 채이고 저리 채여
주체스럽다가 자동으로 분해되니
오히려 평온하다.

컵물에 투신자살한 작은 개미들

너희들은 어떤 이유로
하필이면 내 약 먹고 남은 물에
집단 투신자살을 했느냐

혹여 아파트 생활이 너무 건조해
갈증 해소책으로 그 방법을 채택했느냐

한동안은 바퀴벌레가 인간의 천적이더니
이젠 멸종했는지
제2 천적으로 너희들이
집안 구석구석을 지배하니
벌레들도 시대 따라 유행하는가

밤에 자다가 목이 말라 나는
어둠 속에서 너희들의 주검이 담긴
컵 물을 모르고 많이 마셨다

그래도 아무 이상 없다
내 위장은.

허무 바이러스

태아 때부터 이미 감염되는
그는 번식력이 강해
아무리 살해해노 자꾸만 재생

나이와 비례해 전이도가 높고
군중 속에서 운동이 더욱 활발
1급 전염병이나 다름없네

아직까지 예방 백신이나
처방도 없으니
견고한 종양을
누구나 다 데리고 살다가
묘지까지 동반.

공중 파도타기 하는 꽃상여

꽃상여는 아득한 내 어릴 적
빛 바랜 흑백 사진 같은
추억에서나 찾아 볼 수 있는 그림

이제 가면 언제 오나
다시 못 올 북망 산천 가시밭길

만장(輓章)의 깃발 뒤 상여 앞 바싹 붙어선
대리 유령이 요령 흔들며 부르는 만가를
복창하는 상여꾼들의 장단 가락이 구성진데
몇 걸음 전진타가 제자리걸음 후진 전진을
반추하는 안단테발걸음의 미학은
차마 이승 뜨기 서러운 망자를 대신해
시간을 정지시키는가

그래도 가네 그래도 가네 꽃상여는
펄렁 펄렁 무한대공 파도타기 하면서.
지금 생각느니 섬뜩했지만
현재 장례 문화보다는 꽃상여의 행렬은

옛 시골 들녘을 화려하게 장식했던
낭만적인 한 점 예술품이었어라.

또 반구정(伴鷗亭)에 간 날

황의정승은 예나 다름없이 구천에서도
글자가 뜻하는대로 갈매기가 벗인데
오늘 임진강 철책 주변 비무장지대엔
어쩐지 갈매기 한 마리 눈에 띄지 않는구나

이념을 초월한 그들이지만
세상이 하 시끄러워
杜門洞으로 이사를 갔나.

나목

-실크로드

여체처럼 황홀한
나목들의 함성은
말없는 시

공허 적막 우수 아름다움의 조화가
마냥 이어졌을 이 길을
나도 풍경화 되어 걸어보고 싶구나

우리들의 죽음이 이리 고요하고
편안한 자연이 아닐까
구속 없는 실크로드
거닐다 거닐다가 다리 아프면
구름처럼 머물다 간들
누가 뭐라랴.

누워 사는 나무

어쩌다 안산에 오르면
더러 누워 사는 나무들
중풍에라도 걸렸는가

하지만 자녀들은
하늘을 향해
푸렇게 번창하고 있다

아픈 내색하지 않는
늙은 나무.

제2부

묵은 편지들

제2부
묵은 편지들

거울 속의 달

베란다 창문으로 들어온 달이
화장대 거울 속에서
나를 엿보고 있을 줄이야

공연히 잘못을 들킨 듯
가슴 덜컹 내려앉았네

온종일 책 읽은
죄밖에 없는데

좀벌레에게 갉아 먹힌
오른쪽 옆구리가
어쩐지 슬퍼 보이는구나

고요한 우수
비련의 여인아.

35

부부 형광등

-2중 링 형광등

죽었다가 금세 깨어나고
깨어나는 순간 금세 또 죽는

나처럼 얼른 낫는 병도
그렇다고 얼른 죽는 병도 아니니

안락사 시킬 수도
데리고 살 수도

열고 보니 부부 중
아내가 먼저 죽었더군

역마살

붙잡는다고 구름 바람이
어디 한 곳에 머무는 것
본 사람 있나요

방랑벽도 타고나야지
아무나 할 수 없는 것

어느 후미진 곳이나
초열지옥 같은 데 가서
홀로 객사할 망정
평생 길 떠나야 직성이 풀리는
절름발이 성향도 나름대로
삶의 한 방식이려니.

造花

너는 심장이 없는 게 흠이지만
사람들에게 인정 못 받는
자기 설움일랑은 감추고
사철 웃고 있구나

빛이 좀 바래면서 늙을망정
영원히 살며 풀잎처럼 몸을 낮추는
겸손의 미덕이여.

계명성

내 어렸을 적 기억으론
수탉은 새벽을 여는
테너 가수인 줄 알았는데

이곳은 독립문 공원 맞은 편
세란 병원 뒤 현대 아파트 단지
그리 멀지 않은 곳에서 매일같이
李箱의 낮닭이 우네

아침의 높은 톤은 마치
다 큰 자녀들의 출근 시각 늦을라
조바심하는 모정 같지만
온종일 끊임없이 울어댐은
주제 파악을 못하는 주책인지
아니면 요즘 정치인들의
비리를 통탄함인지
혹여 성대 암에 걸리면 어쩌나
나는 괜스레 염려되네.

바구미에게

마지막 사력을 다 한
귀향의 몸짓 안간힘을 쓰지만
한 발작도 전진을 못하는구나

작년 여름 한 철은 실컷
황금빛 삶을 누리잖았느냐
그 간 어느 구석에 숨어 있다가
오늘이 네 제삿날인 줄도 모르고
내 눈에 띄었단 말이냐

너의 동족들로 인해
가뜩이나 식욕이 없었던
내 입맛을 더 추락시킨 일
너는 아마 모를게다

너도 한 생명체이기에 안됐다만
네 병든 몸 구차하게
더 버텨 무얼 하겠느냐

어차피 자결하지 못하는 몸
내 너를 휴지조각으로 덮쳐
안락사 시켜 주노니 진심으로
고마운 줄이나.

먼지의 자유

세상에서 가장 작은 입자들이
똘똘 뭉쳐서 지구촌 머무는 곳마다
공화국을 건설하는구나

자신들도 자연의 일부라는
당위성을 내세우며
비합리적인 자유를 누리는
그들의 번식력을 인간의 힘으로
막기란 불가항력이라
어쩔 수 없이 우리는
영생하는 그들과 공존하네.

유년시절 팽이의 추억

싸구려 크레용으로
지금도 크레용이 있나 모르지만
팽이 얼굴에다 나무 나이테 모양으로
무지개 화장을 시켜주고
채찍으로 그의 몸뚱이를
모질게 매질해 대면
안색이 사색으로 변하면서
마치 男根이 발기하듯
하늘을 향해 直立했지요

지금 생각하면
거의 정지나 다름없는
그 어지럼증은
순종인가 반항인가

다시는 소유키 어려운
유년시절의 보석같은 추억.

잔잔한 바다를 보면

어차피 너는
천의 얼굴을 가졌지만
오늘따라 유난히
옛아씨 모습이니라
나처럼 신경안정제라도 복용했느냐

네가 정물화일 땐 왠지
오히려 내 마음이 더 산란하다

차라리 누구의 간섭도 받음없이
때때로 허공을 후려치는
그 열정이 부럽구나

그런 용기 내게도 있다면
여러 가지 번뇌로부터
해방될 수 있으련만.

과학의 두 얼굴

과학은 우리 인류의 구세주이면서
태고의 사연을 집아먹는 원흉

그 이율배반 덕분에
지구는 혈관질환을 앓고 있고

사람들의 수명이
단축되기도
연장되기도.

썩은 무

흰칠한 키에 날 선 콧날
선비 닮은 미남의 허릴 잘라 보니
아뿔싸! 골수 암

허우대 멀쩡한 정치인들의
영혼이 이러하렸다

그러고 보니
겉 볼 안(內)이란 말도
정답이 아니네.

물에 관한 명상

맛 냄새 없고
무채색인 그는
얼굴이 여러 개

비커의 물은 가장 평이하고
산을 삼킨 호수의 물은 진초록
성난 바닷물은 死色
엄동설한엔 화강암 같은 옹고집
비는 하늘의 눈물
공중을 선회하는 안개는 비밀 투성이
목련꽃잎 눈 날릴 땐 동화 속의 환상이
거대한 빙산의 붕괴 허무
시공 따라 수시 변절하지만
근본은 하나.

생존경쟁

사람들을 비롯해
지구상에 존재하는 모든 생명체들은
매일 눈만 뜨면
저마다 제 살점을
제가 뜯어먹고 산다.

고인돌 그 영원의 함묵

　-고창 죽림리에서

십 친여 년 전
부귀와 권력을 누린 자들의
죽은 삶이 증발할 세라
거석의 이불로 치장한 상징이여

나는 석양을 등에 지고
조선시대 선비 나그네 되어
헛기침 한 번 소리 죽여 내뱉고
이리 오너라 위엄 있게 불러 보나
문패 없는 돌집 문은 열릴 줄을 모르고
대답은 소슬바람이 대신할 뿐

예전엔 바닷물이 예까지 들어와
그들을 겁탈했다는데
죽은 채 산 지조로
세계의 문화 유산 별이 되었구나

말로만 듣던 수 천 년의 함묵과 상견례하고

49

石香에 물 든 내 심신
발길 돌려 돌아가느니.

-2002. 4. 22 고양 문협 문학 기행

수난당하는 고로쇠 나무

과학적으로 입증되었나 모르지만
인간들의 불로장생 욕망은 끝이 없어시
조금씩 생명이 단축됨은 아랑곳 않고
어쩌자고 반항 한 마디 못하는
그들의 골수를 파먹는지

혹여 재생이 가능하다면 안심이지만
잠시도 자연을 가만두지 않고 들볶는
사람들의 잔혹한 행위를 자연이
물 불 등으로 보복하지 않는가.

51

함박눈처럼 쏟아지는 달빛 아래선

1.

　도시 변두리
　달동네의 빈민굴도
　예술로 돋보이고
　폐광된 지 오래인
　유령이 드나드는
　태백 사북촌 마을도
　쉬르레알리즘 이미지로 몽환적이네

2.

　검은 망또를 쓴
　드라큐라로 변신해
　나를 덮칠 것만 같아
　머리칼이 곤두서고
　오싹 푸른 오한이.

묵은 편지들

내겐 거의 고물 보석에 가까운
오 백여 통의 묵은 편지들
그들은 현재의 내 또래가 더 많네
물론 육필(肉筆) 편지

사실은 내가 편지쓰기를 좋아해서
누구에게나 먼저 연서 형식으로 써서 부치면
답신 예절도 지켰네 옛 사람들은

종이 질이 안 좋은 옛 편지지는 가랑잎 색
더러 넝마처럼 너덜대고
검버섯도 피었네

최근 몇 년 전부터
한 통은 발송 한 통은 보관
어차피 일방통행
공명(共鳴) 답장은 기대 않네 전화도
편지 안 쓰는 세상이어서

요즘 때론 짐스러 몽땅 폐기처분할까
행복한 고민 중
적어도 편지 쓸 때의 마음만은
베냇짓 순수 그 자체였는데.

마지막 낭만열차
-소래 포구행

탈 탈 탈 탈
두 칸 짜리 수인선 협궤 열차는
육지 배

알맞은 파도와 봉창까지 한
훈훈한 인정 따라 내린 소래 포구엔
타다 남은 환상의 조각들
비릿한 갯바람이 코 향기를 신선케 해

오랜만에 걷는 철길엔
피란의 아픈 추억과
아지랑이로 피어오르는
평행선의 내 옛사랑아

발 아랜 저승 구만리
머리카락은 깃발처럼 나부끼고.

노을 1

광대 무변의
텅 빈 황홀
그 인당수에
날마다 빠져 죽고 싶다.

노을 2

회색 보라에
금빛마저 곁들인
서녘 하늘을 온통 뒤덮은
베토벤의 장엄한 장례 행렬 같은
그 세상에 한 번
가보고 싶다.

노을 3

서녘 하늘에
대형 화재.

노을 4

홍시 물감 쏟아 부어 그린
거룩한 聖畵.

노을 5

이제는 일 년 세월
일일같이 지나는데
신이 긍휼이 여기셨음인가
여백의 사랑을.

신록

연두빛 침묵과
화사한 미소로
나를 위압하는
그의 싱그런 눈동자가
미래 지향적이나
나는 왠지 섬뜩하다.

제3부

소 묘

제3부
소묘

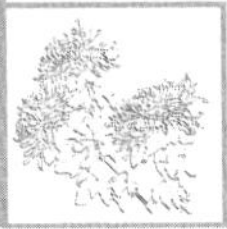

인수봉

열반(涅槃)에 든
고노불(古老佛).

고독

개인의 소유가 아닌 고독
유형만 다를 뿐
끊임없이 세포분열.

부르크너 교향곡 No. 7

바그너를 위한 추모 곡
2악장 호른의 굵직한 톤은
눈물 글썽이게 하는 낭만이.

쓰르라미

에어컨 바람보다 더 시원한
한 여름의 나팔수.

零番 버스

죽음의 향기 싣고
이별을 싣고
묘지 행 버스는
산모롱이를 돌아
뱀처럼 사라진다
세상 변두리로.

죽음의 에필로그

죽음은 백지 한 장
성냥 한 개비
그어대면 단순히
제로가 되는.

첨성대

젊어서부터 그는
허리 디스크.

주검이 죽음을

굳건히 버티던
은회색 枯死木이
뇌졸증으로 또 한 번
생을 은퇴.

인간의 욕망

휴일도 없다.

겨울 나뭇가지의 잔여 잎새들

말기 암 환자인 양
피골이 상접했어도
여전히 아름답다.
최선을 다 한 삶의.

정수기

요즘은 물도 전기로
헹구어 먹는 세상.

아지랑이

철로 위에서 춤추는 아지랑이
열차가 지나가도
죽지 않는다.

눈썹 달

감미로운 바이올린 협주곡.

단풍 축제

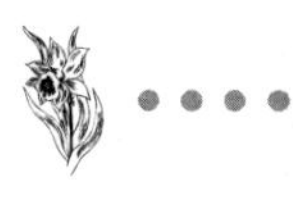

빨 노란 피를 울커 울커
토할수록 꽃을 능가.

새 봄

첫 엄마
첫 아기의
옹알이.

어린 사철나무 잎들

봄비로 목욕한
윤기 자르르한 몸매
여체처럼 눈부시고
잔인하게 아름답구나.

모과차

상큼한 애수
누구의 화신인고.

동자승과 초생달

동자승의 눈동자가
초생달의 적막을 닮았다.

공원 묘지

묘지 주변에
요정 같은 꽃들이 없다면
하나도 슬프지 않을 것 같다.

달밤의 풍경

평범한 일상의 풍경도
달밤엔 환상적.

쓰레기 산 월드컵 경기장

버림받은 몸들이
자생난제를 힝싱하고
스스로 참선하면서
드디어 해탈을.

달맞이꽃 2

창녀인 양
온종일 낮잠만 자다가
해질녘 일어나
남몰래 곱게 단장하고
밤새 달과 한 몸이다가
새벽에 돌아와
요절해버리는 여인아.

도장 파는 사람

죽은 나무를
쪼아먹고 살아도
건재하다.

꽃잠 든 신생아

감히 신도 범접 못할
평화.

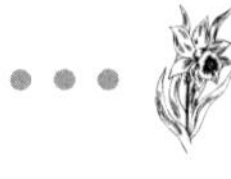

콘트라베이스

덩치에 비해
음색이 여리나
그런 대로
저음의 매력이.

재혼 부부

중고품 남녀끼리 합쳐도
가끔은 평탄대로 같은 가정이
사랑 그리고 마무리의 저자
헬렌 니어링과 스코트의 삶이.

교육의 부실공사

실천 위주의 인성교육이
땅거미 내리는 무인도에서
혼자 울고 있다.

매미의 절규

무슨 한이 맺혔기에
그리도 여운 길게 오열하느냐
쉼표나 좀 찍고 울거라.

또 다른 세상

다각형의 변과 꼭지점은
황천길
원의 360도 원주도
예외는 아니어서
더더욱.

불꽃놀이

생성과 소멸을
동시에.

계절 교체 1

달력 속의 숫자는
여름이 문을 닫았건만
퇴진하기 싫은지
최후 발악을.

절대 고독

비수보다 더 무서운
다양한 색상
悲唱의 美까지.

시

가슴 후려치는
애절한 보석이
박혀 있어야.

꽃의 운명

꽃이 필 땐
천사
꽃이 질 땐
암환자.

천도 복숭아

온몸에
사랑의 열꽃이
만발했다.

여인의 야윈 손

낮달처럼 슬프다.

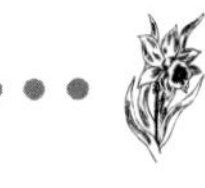

은유의 달

눈물 흘리고 있는
李朝의 女人.

안개

그 속에
내가 서면
나도 안개.

침묵

침묵은 가장 반박하기
어려운 웅변이라지만
일종의 자기 방어 기제요
도피행위다.

함박눈 2

세상의 온갖 눈물들이 모여
흰 목련 꽃송이로 피어나는
슬픔 감춘 화려한 원무
천길 낭떠러지로
자신을 해체하는 과정의
아름다움이여.

분노

꿰면 시한 폭탄.

젊음

꾸미지 않아도
이쁘기만 한
봄날의 황금햇살.

아기 원숭이

갓 태어났건만
얼굴은 애늙은이.

박제 인간

아직 없네.

農老

얼굴에 깊이 패인 밭고랑은
세월이 파놓은 조각품.

인격

고학력과 인격은
부등호(不等號).

어떤 새신랑

결혼 기념 사진이
아직도 따끈따끈한데
한눈을 팔다니.

초봄

이른 봄이 선잠 깨어 보채는데
광화문의 은행나무가 初經을.

계절 교체 2

후두암에 걸린 귀뚜라미
가을은 거주지를 옮긴다.

민들레

화려한 사념으로 분신 자살
영화 델마와 루이스처럼
공중 산화.

어떤 묘비명

저승 꽃 핀 온 몸
풍우에 빛 바랜
시구가 외롭구나.

詩畵

시는 말로 그린 그림
그림은 말없는 시.

상처

칼로 베인 상처는 아물어도
사람의 혀로 베인 상처는
특효약 없음.

삶은 감자

냉장고에 가두었더니
낮 달로 변신하더라.

서녁 하늘의 교향곡

금테 두른 진회색 구름이
베토벤의 운명 교향곡처럼
중후하게 진을 치고 있다.

하하 호호 처세

부당한 말을 들어도
하하 호호 응수함은
위장인가 신앙의 힘인가.

인사동

서울 한복판
몇 년 전 재구성한 인사동은
고전과 현대가 공존하는 거리
그 곳에 가면
千祥炳 시인을 만날 수 있다
귀천하고 없지만.

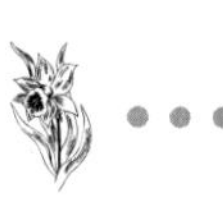

눈웃음 치는 식품

꽃상추
쑥갓
식혜밥알
팝콘.

보라색

귀티나면서도
늘 어딘가 몸이 아픈
한 때 내가 사랑했던 그.

일상

평범한 일상에도
철학의 향기와
애달픈 진리가 있건만
문법대로만
도덕 교과서 덕목대로만
살 수 없는 쓸쓸한 나날.

달

억겁을 두고
매 달 만삭이다가
습관성 사산을 거듭하는지
후손이 하나도 없는 점
그리고 또 월초에 임신을 하고
조금씩 배가 불러오고.

政界

비리의 현주소
제 1번지.

죽음 예찬은 사치

인생은 죽음이 있기에
더 아름답다라는 말은
죽음을 체험하지 않은 사람의
언어 사치.

낙엽으로 지는 사람들

늦가을도 아닌데
내 측근들이 계절과 관계없이
자꾸만 낙엽으로 지네.

생명수

손 컵 만들어 그냥 마셔도
아무 탈없는
경북 동로면 생달 2리 계곡 물.

타인

모든 타인은 내게 스승
하지만 때론 적일 수도.

공원과 노인 복지관

종점이 저만치 보이는 노년들의
마지막 쉼터.

이시환

무상 안의 평온
-권효남 시인의 제6시집 "허무 바이러스"에 부쳐

무상 안의 평온

-권효남 시인의 제6시집
"허무 바이러스"에 부쳐

권효남 시인의 시를 읽다보면 왠지 슬퍼진다. 아니, 슬퍼지는 게 아니라 오히려 차분해진다. 복잡하거나 난삽한 생각들을 다 사라지게 하고 오로지 한 가지만을 생각게 하기 때문이다. 그 한 가지가 바로 다름 아닌 눈앞에 서 있는, 늦가을의 헐벗은 나무이다. 시인은 그 나무를 통해서 자신의 삼세(과거, 현재, 미래) 인생을 반추하고 있고, 그것으로써 적지 아니한 시들을 지었다. 그런 의미에서 권효남 시인은 분명 가을의 시인임에 틀림없으리라.

가을의 시인 권효남은 꽃을 보아도 활짝 핀 아름다운 빛깔과 모양의 생명력을 보는 게 아니라 추하고 덧없이 지는 꽃을 본다. 나뭇잎을 보았어도 연초록의 건강한 생명력을 본 게 아니라 검버섯이 피고 말라비틀어진 병든 잎이었고, 바

람에 나뒹구는 가랑잎이나 낙엽이었던 것이다. 그렇다면 무엇이 시인으로 하여금 그곳에 시선을 머물게 하는가? 그것은 황혼세대들의 공통정서이리라.

불가(佛家)에 '일체유심조(一切唯心調)'라는 말도 있지만 시인은, 표현하고자 하는 대상에 - 그것이 생물이든 무생물이든, 구체적인 것이든 추상적인 것이든지 간에 관계없이- 자신의 감정을 이입시키고, 자신이 생각한 의미를 부여하면서 결국은 자신의 존재 의미를 투사(投射)시키고 있다. 바꿔 말하면, 시인이 가랑잎을 노래하고 지는 목련꽃을 노래하였어도 실은 시인 자신을 노래한 것에 지나지 않는다는 사실이다. 때문에 우리가 시를 읽는다는 것은 객관적인 대상에 시인이 부여한 주관적 의미요, 감정으로서의 투사된 시인 자신인 것이다. 바로 그렇기 때문에 시를 통해서 우리는 시인의 지식, 성격, 기질, 사고력, 인품 등을 헤아릴 수 있는 것이다.

101

어쨌든, 시인은 자신의 눈에 비친, 온갖 생명체들의 덧없음을, 아니 생로병사(生老病死)에서 벗어날 수 없는 안타까움을 '허무' 내지는 '무상'이라는 말로써 비교적 담담하게 표현하고 있지만 그 덧없음의 허무를 어찌하랴.

시인은 그 허무와 무상을 자신의 몸과 마음에

서부터 절감하고, 크고 작은 생명체들의 유한적인 생명현상을 통해서도 인지하고 있다. 외면할 수도 없고 피할 수도 없는 무상 앞에서 시인은 그를 기꺼이 받아들이고, 그 안에서의 변화에 수긍하며 마음의 평화와 평온을 감지하고 있다. 작품 〈작은 천국〉이나 〈枯葉의 독백〉 등이 그 단적인 예라고 본다.

독립문 울타리 안 잔디밭에
갓 태어난 민들레꽃들이
봄 햇살을 펼쳐 놓고
애절하게 평화롭다.
　-작품〈작은 천국〉 전문

　봄 햇살을 받으며 갓 피어난, 독립문 울타리 안 잔디밭의 민들레꽃들이 평화롭다는 것인데 애절하게 평화롭다는 것이다. 시인은 그들의 평화로움을 왜 애절하다고까지 할까? 바로 그 이면에는 시인이 인지한 존재의 무상함과 민들레꽃들의 티 없는 생명이 함께 전제되어 있으리라.

바스락대던 내 몸뚱이가
행인들에게 이리 채이고 저리 채여
주체스럽다가 자동으로 분해 되니

오히려 평온하다.

-작품⟨枯葉의 독백⟩ 전문

　마른 잎이 스스로 중얼거렸을 리 없지만 시인의 눈에는 그렇게 보인 것이다. 곧, 행인들에게 이리 저리 채이며, 다소 주체스럽기도 하지만 결국 자동으로 분해 되니 오히려 평온하다는 것이다. 한 마디로 말해, '죽어 감'의 수용이 이루어지고 있는 것이다. 그 받아들임으로써 비로소 '평온'을 얻는다.

　이처럼 권효남 시인의 시는 철저하리만큼 자신의 몸과 마음으로 이루어지는 현실적인 삶을 온갖 대상에 투사, 투영시키고 있다. 그래서 그의 시는 너스레가 없고, 수사적 기교를 부리지도 않는다. 그저 담백하다. 절실하다. 깨끗하다.

　시인은 담담히 '내게는 내 인생이 있을 뿐이다'라고 외치며 생활 속에서 작은 것들까지도 놓치지 않고 시로 태어나게 하는 여유를 부리고 있다.

103

허무
바이러스

2004년 7월 01일 초판인쇄
2004년 7월 10일 초판발행
지은이 : 권 효 남
펴낸이 : 이 혜 숙
펴낸곳 : 도서출판 신세림
100-015 서울특별시 중구 충무로5가 19-9 부성B/D 702호
등록일 : 1991. 12. 24
등록번호 : 제2-1298호
전화 : 02-2264-1972
팩스 : 02-2264-1973
E-mail : shinselim@chollian.net

정가 7,000원

ISBN 89-5800-018-X, 03810